Léale a
su conejito

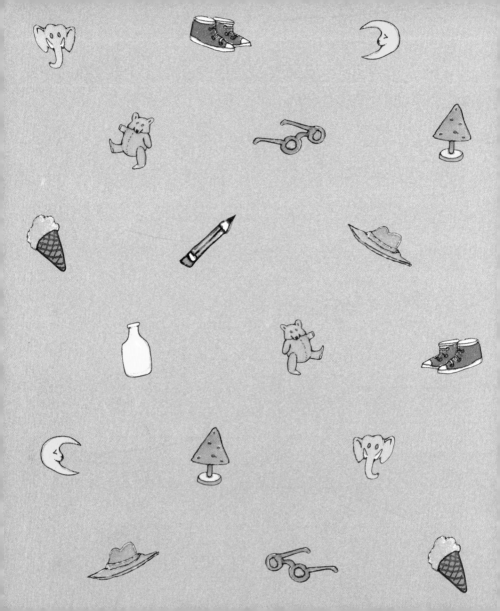

Este libro

pertenece a

_____

Léale a su conejito

Rosemary Wells

Traducido por Susana Pasternac

Scholastic Inc.

New York ♦ Toronto ♦ London ♦ Auckland ♦ Sydney
Mexico City ♦ New Delhi ♦ Hong Kong

ISBN 0-439-18314-6

Copyright © 1997 by Rosemary Wells.
Translation copyright © 1997 by Scholastic Inc.

12 11 10 9   05

Printed in the U.S.A.
First Scholastic Spanish paperback printing, September 2000

Al leer con su niño en voz alta,

se abrirán las puertas de una verdadera

amistad. Esa tierna costumbre será

un placer para los dos y el pequeño

esfuerzo de veinte minutos diarios que

le ofrece en su niñez sembrará

la semilla de una mente inteligente

que le durará toda la vida.

Léale a
su conejito
todos los días.

Serán veinte minutos de emoción.

Serán veinte
minutos de
alegría,

Veinte minutos bajo el sol.

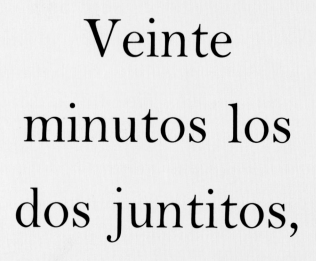

Veinte
minutos los
dos juntitos,

Veinte

minutos

de fantasía.

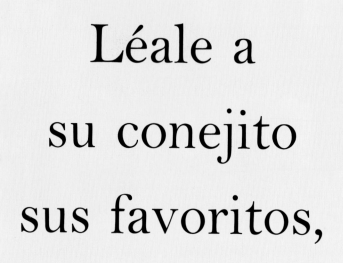

Léale a
su conejito
sus favoritos,

Y...

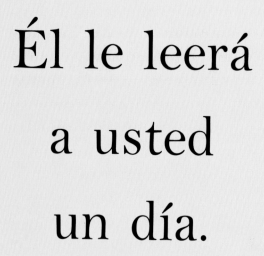

Él le leerá

a usted

un día.

NUESTROS hijos son lo que más queremos en el mundo. En sus primeros años de vida los alimentamos para que puedan crecer. Los llevamos al doctor para que tengan buena salud. Les ajustamos los cinturones en el auto para que no les ocurra nada.

Pero lo más importante en esos primeros años es el desarrollo mental y espiritual. Es entonces cuando el niño aprende a tener confianza y a querer, a hablar y a escuchar.

Después de los dos años de edad, eso es ya mucho más difícil de aprender o de enseñar. Cantar y reír, aprender a hablar y a tener confianza son las cosas más importantes en la vida de un niño.

Y también deben ser las más importantes para sus padres, porque esos años no vuelven nunca más.

Prepare todos los días durante veinte minutos un lugar tranquilo y silencioso. Siente a su niño en su regazo y léale un libro en voz alta. En las páginas del libro encontrará un pequeño mundo de intimidad e intenso amor. No cuesta nada, sólo veinte minutos diarios y una tarjeta de la biblioteca pública.

Leerle a su pequeño es como poner monedas de oro en el banco. La retribución futura será diez veces más grande. Su hija aprenderá y desarrollará su imaginación y se sentirá segura de sí misma. Su hijo prosperará y le manifestará su cariño para toda la vida.

—R.W.

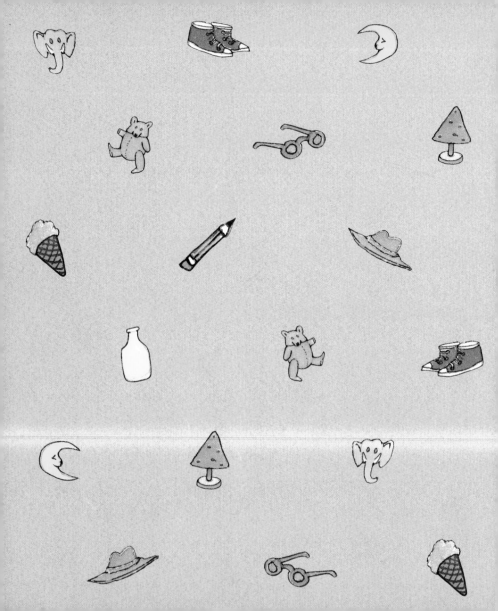